論創社

川村毅

春独丸 俊寛さん 愛の鼓動

春独丸　俊寛さん　愛の鼓動

目次

春独丸

登場人物

女

春独丸《しゅんとくまる》

1

年老いた女。

女

ありふれた話をさせていただきます。特別なことはなにもございません。ごくごくありふれた話でございます。わたくしは、この話をし終えた後にはこの世にはいなくなる運命かも知れません。そうした覚悟のわたくしにどうか最後までおつきあいくださいませ。ご覧のとおりわたくしはたいした人間ではございません。あの方との出会いがなければ、わたくしは平凡な人間として一生を終えていたでしょう。わたくしを今のような人生に導いたのは、まぎれもない、あの方でございます。……あの方。ええ。あの方をわたくしは赤ん坊のころから存じ上げています。四十年前の春、アケミさんがまだ赤ん坊であったあの方を連れて、わたくしのアパートにやってきました。わたくしはその頃、鶴見の小料理屋で雇われ女将として働いておりました。アケミさんはその店の馴染みのお客様で、体を売る商売をしているオカマさんでした。アケミさんは一日だけでいいから赤ん坊をあずかってくれと頼んできました。誰の子だと尋ねると、自分が生んだと答えます。一月の間お通じがない日々が続き、出たと思ったらこの子が転がり出てきたと言います。誰がそんな話を信じられるというのでしょう。それでもあまりにアケミさんが必死に頼み込むので、一日だけという約束で赤ん坊をあずかりました。貧しい者は貧しい者どうし助け合うというのが、あの当時の界隈では当たり前のことだったのです。赤ん坊の名前は春独丸。奇妙な名前でした。名前の由来を聞きましたが、アケミさんは謎めいた微笑みをするばかりでなにも答えません。まるで世話のかからない子でした。春独丸は泣かない赤ん坊だったのです。しかもまだ赤ん坊だというのに妙に大人びた顔つきで、じっとわたくしを見つめているのでした。予感していた通り、一週間経ってもアケミさんは戻ってきませんでした。生活はわたくしひとり生きるので手一杯でしたので、情がうつってしまう前に赤ん坊を捨てようと思い、深夜わたくしはふた駅先の産婦人科の玄関先に置きました。

そのまま走り去ろうとすると、赤ん坊が目を開けたのです。暗闇のなかでふたつの目がきらきら輝いて、わたくしをとがめるかのように見つめているのでした。おそろしくなったわたくしは、思わず、堪忍してくださいとつぶやき、再び赤ん坊を抱いてアパートに戻ったのでした。それから何度となく捨てようと思いました。でも、そう決意して抱き抱えると、赤ん坊はそのわたくしの心を見透かしているかのように、それまで閉じていたまぶたを開き、わたくしをじっと見つめるのでした。その目の輝きといったらすでに立派な大人のもので、しかも普通の人間のものとも思えない不気味さを放っているのでした。……春独丸。わたくしはこの赤ん坊に支配され始めました。赤ん坊がわたくしの心をすべて見透かすからでした。でも、苦痛ばかりではありませんでした。赤ん坊と一緒にいるということは、生活の慰みでもあったのです。わたくしは捨てられた子供で親の顔を知らずに育ちました。だから同じ境遇のあの方を不憫に思ったし、ひとり暮らしが和まされました。でも、おそろしさに耐える限界はくるものです。あの方がたぶん三歳になるかならないかの春でした。わたくしはその夜、馴染みの客で常々わたくしの生活の面倒を見たいと申し出ていた男と旅館に立ち寄ってアパートに戻りました。洗面所で顔を洗っていると、背中になにかが突き刺さったかのような痛みを感じました。振り返ると、あの方がじっとわたくしを見ていました。その目のおそろしさといったら！　目の輝きは、情欲に身を任してきたばかりのわたくしをとがめ、さらにその頃わたくしの心の奥底に再び芽生えていた思惑を見透かして、沈黙の叫び声を浴びせるのでした。「おれを捨てるつもりだな。そうは問屋がおろすか。おれはおまえに一生つきまとってやるからな！」

わたくしは思わず台所から果物ナイフを取り上げてその目に向かって突き立てました。あの方はうっと唸ります。ふたつの目から血が噴き出して天井まで上がります。あっと叫んでわたくしはアパートを飛び出しました。震えながら駅に向かって走りました。その足で着の身着のまま東京を離れ、関西方面に向かいました。琵琶湖に住む昔の馴染み客に助けを請い、和歌山の小さな町にたどり着きました。そこで仲居の仕事を見つけ、しばらく何事もない穏やかな生活を続けました。あの後あの方がどうなったかは、わかりませんでした。知ろうともしませんでした。でもあの方がわたくしの心から消え去ることは一日たりともありませんでした。どこに行こうとあの方が、近くでわたくしをじっと見つめている気がしたのです。わたくしはあの方に変わらず支配されて生きていたのです。時折、わたくしは春という季節を呪いました。あの方がわたくしの前に現れたのが春ならば、わたくしがナイフを突き立てたのも春だったからです。一切は桜の花が開き、散っていく春のせいなのだと。春が訪れるたびにその季節を呪いました。でも、呪われていたのはわたくしとあの方のほうなのです。これは春に呪われた母子の物語なのです。

2

盲人の小学生が白い杖をついて歩いてくる。春独丸だ。春独丸は、転ぶ。

春独丸　さわらないで。誰もぼくにさわらないで。ぼくにさわると、宇宙の光線にやられてしまうよ。ぼくのからだは光線に包まれてんだ。光線はね、地球の人のから

だにはよくないもんなんだ。（立ち上がり）そうです。ぼくは宇宙からやってきたんです。……笑うな。笑うな。（走り去る）

車の急ブレーキの音。春独丸の杖が飛んできて転がる。

血だらけの春独丸が、這ってくる。杖を探している様子。やがて杖を見つけて、立ち上がる。

春独丸　こんなことでぼくは死なない。殺したって死なないんだ。

3

ぼろぼろの布をまとい、預言者のような恰好の、黒メガネをかけた青年が白い杖をつき、片足を引きずりながら、よろよろ歩いてくる。春独丸だ。ミカン箱に座る。

春独丸　街角の預言者にようこそ。お待たせしました。あなたの悩みをお聞かせください。どういった内容でもけっこう。なんでもお答えします。私にはあなた方の心のなか、過去、現在、未来が見えます。どういうお悩みですか。ああ、言わなくてけっこう。あなたの心の中が見えてきました。……そうですね。あなたは海を渡るといい。現在の心のもやもやが解消されるには海の向こうの……そう。砂漠が見える。砂漠の土地に行くことです。それしかあなたが救われる道はない。見えるんですよ。私には見えてしまってるんです。あなた、人を殺していらっしゃいますね。……次の方、どうぞ。

女がやってきて、春独丸の傍らに座る。

春独丸　どういうお悩みでしょう。
女　二十年前、生き別れになった我が子が気になって仕方ないんです。
春独丸　……。

女　見えます、私の心？
春独丸　……。
女　春独丸じゃなくって？
春独丸　……。
女　春独丸でしょう？
春独丸　……。
女　あなたのことがずっと気になってて。あなたを忘れたことなんて一日もなかった。私を許してちょうだい。
春独丸　……。
女　私の話、聞いてくれる？　ちょっと前に東京に戻ってきて、自分のお店持ってるの。あなたと一緒に住めるうちもあるし、もしあなたがいいと言うなら……
春独丸　せっかくですが、あなたの心は見えません。（立ち上がり、歩く）
女　その足はどうしたの？
春独丸　……。（去る）
女　（見送り、正面を向いて）路上生活をする占い師として人気を博していました。気持ち悪いぐらいに当たるというのです。盲人で若いホームレスの占い師を世間が放っておくはずがありませんでした。やがて週刊誌が取り上げ、それからすぐにテレビにも出演し始めました。みなさんもご存じの新世紀の超能力者トシノリでございます。

春独丸がいる。

春独丸　スプーン曲げなんて私にとってみれば超能力でもなんでもない。ただの日常です。こんな程度のことは超能力でもなんでもない。（スプーンを取り出し、すぐに曲げる）ほらね。あんまり曲がってしまうから、私はお箸でしか食事をしない和食党なんです。さて、始めましょうか。見えます。テレビの前にいるみなさんの人生が見えます。なにを考えていらっしゃるのか、手に取るようにわかります。テレビの前から念を送ってください。私がそれを送り返します。私の念はあなたに届く。あなたのそばの時計が止まるでしょう。それが私の念が届いた証拠です。私の力を信じるあなたは救われる。信じられないって人は不幸だな。さっ、とにかく、やってみて。

様々な時計の時を知らせる音が鳴り響く

女

トシノリはやがて芸能人を相手にその方たちの前世と将来を語り、私生活では政治家とつきあい、彼らが相談に訪れるまでの社会的信頼を得始めていたのです。それからのトシノリの活躍はもうわたくしが語るまでもございませんでしょう。

春独丸が歌う。

ぼくたちはつらい時代に生まれ
おかしな時を過ごしてる
信じられるものといったら
自分だけだ
ずっとそう思ってきた

でもそれは間違いだった
自分すらも信じられなくなったから
ああ　どこにいったらいいのか
旅立ちもままならない
ああ　誰に聞いたらいいのか
問いかけもむなしいだけ

ぼくたちはかなしい時代で
不思議な生活をしてる
でもぼくは気がつかなかった
こんなそばに
こんなにまで近くに
ずっとあなたがいたことを
信じあえるあなたがいることを
さあ　ぼくたちは旅立とう

信じあうことを信じて
もう　疑うのはやめにしよう
新しい世界を信じて

さあ　今こそ旅立ちのとき
信じあうことを信じて
新しい世界を信じて
ほくたちの愛を信じて

歌い終える春独丸。盛大な拍手が聞こえてくる。

女

人気が集まるのは当たり前のことです。あの方は見えない目で大衆の心を読み取るのですから。でも、そのことはわたくしにはなにやらそらおそろしいように思えてなりませんでした。あの方が政治家を目指して選挙に出馬するというニュースを聞いた時には、胸騒ぎを覚えて、いてもたってもいられない気持ちになりました。

選挙運動中の春独丸だ。

春独丸　（手を振り）よろしくお願いいたします。わたくし、トシノリをよろしくお願いいたします。トシノリを是非国政に送ってください。（人々と握手している）ありがとうございます。ありがとうございます。

女はその列に加わる。春独丸が女の手を握る。

春独丸　……ありがとうございます。

女　春独丸。

春独丸　……。

女　おまえと話したいことが……

春独丸　ありがとうございます。

春独丸が立ち去ろうとするのを、背後から抱きつく。周囲で叫び声などがあがる。

4

留置所のなかで座っている女。春独丸が入ってくる。

女　やっぱり、きてくれたんだね。私のことがわかる？

春独丸　あなたは誰なんです？

女　あなたは春独丸でしょう？

春独丸　それは誰です？

女　やっぱり恨んでいるんだね。そりゃそうだろう、仕方がない。

春独丸　なにを言ってるのか、さっぱりわからない。

女　許してください。

春独丸　誰に頼まれたんです？

女　許して……

春独丸　誰に私の選挙妨害を頼まれたんです？

女　あなたの目をつぶしたのは、私なんです。

春独丸　は？　メンツと言いましたか、あなた。

女　目です。アナタの両の目を突いたのは、私なんです。

春独丸　なにを言っているのか、分からない。私の目は生まれた時から見えないんですよ。

女　え？

春独丸　私は赤ん坊の時から盲人だったんですよ。

女　嘘だわ。

春独丸　なにが望みなんですか？

女　なにも欲しくはない。ただ、おそばにいたくて。

春独丸　あなたが、どこのどなたかは知らないが、これ以上私につきまとうのはやめていただきたい。私も今は選挙期間中だから事を大きくしたくはない。今回は訴えることはやめにしておきます。ですから、もうこれっきりにしてください。（去る）

女　わたくしの長い旅の始まりでした。あの方は選挙においてはトップ当選を果たし、順調に政治家としての成果を上げ、地盤を固めていきました。わたくしはあの方の動向を絶えず調べ上げ、その機会がやってくるのを待ちました。あの方の結婚式の時もわたくしは式場にもぐりこみ、片隅からじっと観察しておりました。そうした日々を送っていたとある日、わたくしはストーカー容疑で再び逮捕されたのです。

留置所の女。

女　いいえ。なにも話しません。あの方がいらっしゃるまでは一切なにも言いたくはありません。

春独丸が入ってくる。

春独丸　つきまとうのはやめて欲しいな。
女　あなたがやめろと言うなら、やめます。
春独丸　そんなに聞き分けがいいとは思えないな。なにが欲しいんですか。お金が入り用だというんなら、差し上げましょう。
女　そんなこと言うのはやめておくれ、おまえ。私はただおまえの顔を見たいだけなんだから。
春独丸　おまえなどという呼び方はやめていただきたい。

財布から札を数枚出し、差し出す。女は受け取る。春独丸は去ろうとする。

女　一言私を許すと言ってください。
春独丸　……今になって許すも許さないもないでしょう。
女　え……。

春独丸　あなたは勝手な人だ。
女　……勝手。
春独丸　あなたのせいだ。
女　おまえは……
春独丸　春独丸ではありませんよ。その人と私の共通点は盲人だということだ。ただそれだけのことで、勘違いをするのはやめていただきたい。
女　勘違い……
春独丸　あれからずっと私は夜昼の区別のない闇の世界に住んでいます。映像が見えるといっても、美しい、心が和むような光景が現れたためしはない。本当のことを言えば、美しい風景ばかりを心に描いていたい。海と呼ばれる場所の光景。遠くでおぼろげに見える水平線。月影が落ちかかるころの水面の色味。日が落ちかかるころの波間の色彩。草花の光景。五月の新緑。秋の紅葉。冬の雪道の白さ。しかし、私はこれらを言葉でしか知らない。風景を思い描こうとしても記憶がない。その代わりにいつも決まって思い浮かぶのは、他人たちの感情の渦です。物心がつく前から私は他人の考えることがわかってしまっていた。他人の感情や気持ちが映像となって浮かんでくるからなんです。それらはたいていどす黒いものばかりだった。口ぶりは穏やかでも現れる映像は黒々としていたり、楽しげな口ぶりで浮かぶ映像は、寒々としていたり、無味乾燥であったりした。人間というのは、人間という生き物はなんでこういつまで経ってもなにをしても満足しないで、つまらない野心を抱いたり、嫉妬したり、人の邪魔をしようとしたりするんだ。なぜ、すぐに楽しかったことを忘れて、悲嘆の種ばかりを探そうとするんだ。絶望の度合いが高くなればなるほど、私は自分の使命がわかっていきました。私がこの人間たちを何とかしなければならない。他人の絶望と自分の絶望。それらを両輪にして私はこれから生きて行くしかない。この決意の意味は、私はどうしようもない人間たちをまだあきらめてはいないということです。私が他人を救いたいという思いは、嘘でもでまかせでもない。自分のなかに映像として現れる醜く残酷な感情の光景を消し去りたいんです。それには他人が幸せな気分になってくれなくてはならない。そうすれば、私は今まで言葉でしか知らなかった美しい春夏秋冬の自然の映像を見ることができる。

女　……やっぱり、あなたは……

春独丸　春独丸ではありません。……だが、感謝しています。

女　え？

春独丸　つぶされた目は、いっそう見えるようになったということだ。そのおかげで、私はここまでのし上がれた。……あなたの住める場所を用意しますよ。生活費も毎月。

女　私は……

春独丸　なにもおっしゃらないでけっこうです。お困りなんでしょう、あなた。とにかく静かにしていてください。私のまわりにはもう出没しないで、じっとしていてください。（去ろうとする）

女　春独丸！

女、追おうとするが、なにかの衝撃を受けて、うずくまる。春独丸は去る。

女　わたくしが春独丸の背中にすがりつこうとした瞬間、その背中がどす黒く輝いたのです。黒い光で目潰しに遭ったかのように、一瞬視力を失い、わたくしは倒れました。次第に気持ちが落ち着いていった頃、体の芯に宿っていたのは、得たいの知れないおそろしさでした。それは時間が経つにつれてじわじわと体中に滲んでいき、やがて最高潮に達したのでした。おそろしいことが起きたのです。その夜、留置所のベッドで身を横たえ、うつらうつらとしていると、枕元に人の気配を感じました。起き上がって振り返るとそこに立っていたのは、春独丸だったのです。

女の言葉通り、夢か現《うつつ》か知れない春独丸が立っている。

女　春独丸、そんなにこわい顔をして、どうしたの？

春独丸　（笑う）

女　おそろしい、春独丸、あなたはおそろしい。

春独丸　私のなにがおそろしいんです。

女　あなたのおそろしさは、私にしかわからない。

春独丸　そんなにえらいのか、あんたは！　今頃のこのこ出てきて、母親面するんじゃない！

女　そんなこと言わないで。

春独丸　そもそもあんたは母親でもなんでもない。

女　なにを言うんだよ。育ての親を邪険にしないでおくれ。

春独丸　あんたは育ててなんかいない。

女　ずっと心配でいたんだよ。

春独丸　信じられません。

女　もうそんな大声を出すのはやめておくれ。おそろしい、おそろしい。

春独丸　わからないな。なにをそんなに怖がっているのか。

女　おまえは一体なにをしようとしているの？

春独丸　だから政治さ。政治をやるんです。

女　なにがしたいのか、私にはわからない。

春独丸　聞きたいんですか。では、まだ誰にもしゃべったことのないことを話して聞かせましょう。こんなサービスをするのも、あなたが誰にも相手にされない気の触れたストーカーだからだ。

女　ひどい。
春独丸　聞きたくないなら、やめるよ。
女　聞かせて。お願い。
春独丸　王国を作るんです。私の王国です。あなたが、私をおそろしいと思うのは勝手だ。だが、私に言わせれば、おそろしいのは私ではなくて、人間全体だ。ああ、たった今も私には見え始めてしまった。私はまずこの人間たちを破滅させなければならない。いかなるイデオロギーも思想ももう人間を救うことはできない。破滅させれば、この世界の黒々とした濁流を清らかで澄み切った湖に変えることができる。
女　あなた、変ですよ。
春独丸　人間たちが変ですから。変な人間たちを私が救わなくて、誰ができるというんです！
女　どうやって救うというの？
春独丸　まずはこの地球にはびこるビルというビルを爆破してやるさ。次に貨幣という貨幣をすべて無くす。貨幣なんて虚妄だ。貨幣なんてくだらないおもちゃがあるから、人間は堕落するんだ。国家はいらない、国境は消滅する。国家、国境があるから殺し合いが無くならないんだ。人間は生きているというだけで、十分満足して生きられる。私はそうした世界を実現させて見せる！

女

春独丸、ふっと消える。

大声でわめき立てた春独丸はやがて留置所の壁を通り抜けて消えました。わたくしはおそろしさでがたがたと震えておりました。わたくしはこの時きっぱりと決意しました。あの方をあんなふうにしたのは、わたくしの責任だ。わたくしが目をつぶして逃げてしまったので、あの方は歪んで育ってしまった。あの方をなんとかしなければならない。あの方をこの世の中に野放しにしておいてはならない。わたくしの手であの方をこの世の中から、いないものにしなければならないと。

留置所の扉が開く音。

女　釈放されたわたくしはその足でさっそく用意を始めました。周到に準備をした翌日、国会議事堂へと向かいました。ここまで聞いてくださった皆様方には、このわたくしのことがわかっていただけるものと確信しております。よろしいですか、わたくしは狂ってなどいないのです。（懐から出刃包丁を取り出し）あの子と私は地獄に落ちなければなりません、そうでなければ他人様がみんな不幸になってしまいます、あの子に会わせて！　ふたりで地獄に落ちるんだから！

女の周囲が騒がしくなる。騒ぎが起こる。

5

拘束着を身につけた女、座っている。うつむいている。春独丸が入ってくる。

春独丸　しばらくです。

女　（顔を上げる）

春独丸　ここはどんな具合です。

女　（春独丸をじっと見つめる）

春独丸　個室のなかでもこの部屋が一番高い。

女　……。

春独丸　気分はどうです？

女　……。

春独丸　あなたは私を殺そうとしていたそうですね。どういう恨みかはわからないが、今でも恨みがあるというなら、どうです、今ここで私を殺してみては。殺す道具がないか。なにか好きなもんを持ってきましょうか。（自嘲気味に笑い）なにを言ってるんだ、私は……見つめていますね。……黙っていないで、なにか言ったらどうです。私が会いにきたんですよ。

女　ありがと。（女の口調が、あらかじめの生地が出たのか、幼児帰りをしたかのように変わって

いる）

春独丸　それだけですか。

女　どうしたの？

春独丸　は？

女　なにがあったの？

春独丸　なぜそんなことを聞くんです？

女　なにがあったのよ、あんた。ああ、なんてこと。

春独丸　はあ？

女　変わっちゃった。

春独丸　変わった？

女　あんた、変わっちゃったね。

春独丸　どう変わりました？

女　……もう殺す価値も、ない。

春独丸　……そうですか。

女　のびきった蕎麦だよ。

春独丸　ありがとうございます。
女　やめてよ、他人行儀な言い方。
春独丸　あなたのせいですね。
女　私のせい？
春独丸　私がこんなになってしまったのは、あなたのせいなんですよ。今日はそれを言いにここにきたんです。
女　なにを言ってるのか、わかんない。
春独丸　私の政治家生命はほぼ終わりました。うれしいでしょう？
女　どして？
春独丸　聞きたい？
女　聞かせて。お願い。
春独丸　盲いた両目が、文字通りなにも読まなくなってしまったんです。人の心を見透かす能力がなくなってしまったんです。最初は結婚のせいだと思った。結婚した直後から次第に能力が消えていったからです。妻の心を読むことばかりに熱中するあまり、他の人の心を見通すことができなくなってしまったんだと。しかし、

女　それは間違いでした。……あなたのことを調べたんですよ。
春独丸　私のことを?
女　妻はいわゆるいいところのお嬢さんですからね。
春独丸　よかったね、おまえ。
女　私もこれを機会に自分の出自をはっきり知っておこうと調べたんです。私の目を突いたのは間違いなくあなただった。
春独丸　だから、最初から言ってるだろ。
女　私は何者なんだ?
春独丸　春独丸だよ。
女　全部話して欲しい。私がどうやって産まれたのか。
春独丸　私はあの頃は、鶴見のアパートに住んでいて、近くの小料理屋で働いていた。
女　鶴見のアパートか……
春独丸　アケミさんって常連客がおまえを連れてきた。
女　そのアケミさんというのは誰なんです?
春独丸　言えない。

春独丸　言ってください。お願いだ。

女　……アケミさんってのは、言いにくいんだけど、おかまの売春婦でね、自分で産んだなんて言い張るんだけど、そんなことがあるわけはないでしょう、

春独丸　では誰が私を産み落としたんです？

女　アケミに聞かなきゃわからない。

春独丸　アケミさんは今どこにいるんです？

女　わからない。

春独丸　アケミさんという人は誰なんです？

女　なんでそんなに責めるの。

春独丸　アケミなんていう人はどこにもいない、最初からいないない人間だった。

女　え？

春独丸　なぜなら、あなたが私の母親だからです。私を産んだのは、あなただ。

女　……。

春独丸　以前に会った時に私はすでにそのことを知っていました。でもあの時は言わなかった。信じたくなかったからです。

女　……。

春独丸　あなたは認めないんですね。やっぱりそうか。嘘をついているという自覚はないんだ。

女　なにを言ってんの。

春独丸　アケミさんのストーリーはあなたの心の中では真実なんだ。あなたは実の子の目を潰し、捨てて逃げたという負い目をそうしたストーリーを作り上げることで回避しようとしている。

女　あなたが私の子……

春独丸　まぎれもない、厳然たる事実です。そのことを知って私はあなたを許せなくなった。あなたを精神病棟へ入れることに同意して、忘れようとした。自分の母親は死んだことにしようと思った。だが、忘れるどころか、ひどい母親への思いが日に日に募っていってしまった。私の心にあなたが介入し出してから、私の能力は失われていった。一切が悪いほうに進み始めた。不正経理の発覚。仲間の裏切り。秘書の自殺。たった今も検察が私のことで立ち働いているに違いない。あなたのおかげで、私は普通の男になってしまった。誰を前にしても闇ばかり。でも、あなたを思うと決まってある映像がやってくる。あれはもしかしたら、私がまだ視力があった頃に心に焼きつけた記憶のなかの光景なのかも知れない。春の映像だ。ピンク色のさくらの花びらが空を覆い隠すかのようにたくさん散り、舞っている。何百本、いや何千本もの桜の木々。ゆるやかな風。そして舞い散る桜のなかに私がひとり、舞い散る花びらに合わせてたったひとりきりで踊っているんです。

春独丸が語るそのイメージが現れる。そのなかで春独丸は舞い踊り、その時、彼は春独丸となる。

やがて、イメージがゆっくりと消えて、春独丸は春独丸に戻る。

女　……思い出しました。私はあなたを産みました。（口調が前に戻っている）

春独丸　私の父親は誰なんです?

女　忘れました。

春独丸　思い出してください。

女　言えません。

春独丸　なぜです？

女　知れば、あなたに災難が降りかかります。

春独丸　知らずにいることのほうが、よっぽど災難です。

女　……あなたのお父様は、さるやんごとなきお方です。

春独丸　……は？

女　あなたは皇室のさるお方のご子息です。

春独丸　……（笑う）

女　なにがおかしいんです？　あれはあの方と私の人生を賭けた恋だったのです。あの方は生涯私を愛すると言ってくださった。でも、小料理屋の雇われ女将の私が皇室に入るなど許されることではなかったのです。

春独丸　やめてください。

女　嘘をついてると思ってるのね。私を信じてちょうだい。あなたの両目を突いたのも、あなたの目があまりにあの方に瓜二つだったから。まるであの方に身持ちの悪さをとがめられているようで……

春独丸　あんな商売をしていて身持ちの悪さもないでしょう。

女　あんな商売？

春独丸　その皇室の方とやらという人とはどこで知り合ったんです？

女　……。

春独丸　鶴見の小料理屋でですか。その方が小料理屋にやってきたんですか？

女　……。

春独丸　あなたのことはすべて調べ上げたと言ったでしょう。あの当時、あなたは、つまり、体を売る職業についていた。そうでしょう？

女　……。

春独丸　その方が客としてあなたを買ったということですか？

女　そんなことは嘘です。

春独丸　調べたんですよ。

女　間違いです。

春独丸　信じられないな。

女　信じてください。

春独丸　……。
女　私の言葉のほうを、信じてください。
春独丸　……。

携帯電話が鳴る。春独丸は取り上げて耳に当てる。

春独丸　……わかった。すぐ行く。（切る）これで帰ります。
女　もっと話を聞いてちょうだい。
春独丸　時間がなくなりました。たった今、検察から連絡があったそうです。
女　検察？
春独丸　私に逮捕状が出たそうです。

6

暗闇のなかに女がいる。

女

わたくしの話は、これで終わりでございます。あの方は最後までわたくしを嘘つきとして扱いました。皆様方のなかにもそうお思いの方もおられると存じます。わたくしがこの物語の冒頭に語った、赤ん坊であった時のあの方との出会いも、まったくの偽りであったのか、と。でも、あの方はあのようなおっしゃりかたをされましたが、アケミさんは確かに生身の人間として存在しておりました。それがどうしてあの時わたくしは、やんごとなき方との恋物語を語ったのか。それは、あの方にまた見放されてしまうのを恐れたわたくしがとっさに作り話をしたのに違いありません。もしくは、わたくしの頭のなかではもういろいろなことがごっちゃになって正しい記憶というものがなくなってしまっているのでしょう。いずれにしましても、あの方の言葉を信じるもわたくしを信じるも、皆様方の勝手でございます。ただ、嘘つき呼ばわりされながらも、あの方がわたくしを母として認めてくださったことのうれしさといったら、ほかにたとえようもございません。わたくしはあの方の母でございます。そうなんでございます。そうなんでございましょう？　母であるわたくしがいるから、能力を失ってしまったとあの方は語った。そのことの意味をわたくしは考えました。あの方はわたくしに死んで欲しいとおっしゃったのです。そうに決まっています。わたくしはそう言われてもいっこうに悲しくはありません。それほどまでに母であるわたくしは、あの方にとって大きなものということなのですから。……わたくしのおそろしい話は、これで終わりでございます。最後までありがとうございました。これらのことは、どうか、皆様方の心のうちに留めておいていただいて、決して大きな声で吹聴なさらぬようお願いいたします。春独丸は今は保釈されたばかりの身。しばらくは静かに見守ってやってくださいませ。これからもどうか、息子をよろしくお願いいたします。

女の背後にシーツで編んだらしい首つりの縄がぶら下がっている。

女　では、皆様、ごきげんよう。

女、首を吊ろうとする。
春独丸が入ってきて、気配に普通でないものを感じる。

春独丸　かあさん！

女　！

春独丸、女に近寄り、手探りで抱きかかえて縄から離す。

春独丸　なにをしようというんです。

女　おまえ……私は死んだほうがいいんだよ。私がいるから、おまえは……

春独丸　いいんです。もうあきらめたから。ぼくはぜんぶ、あきらめたから。

女　かあさんと呼んでくれたんだね。

春独丸　……これが母のぬくもりというやつか……映像が見え始めた。いつもの、春の、桜の花びらの映像が……

女　おまえはひとりで舞っているんだね。

春独丸　ええ。

女　もうひとりっきりじゃないんだよ、おまえ。

春独丸　ひとりじゃない？　ぼくはずっとひとりじゃなかったんだ。……かあさん、ここにいるんだね。

春独丸、女を離して立ち上がり、正面を向く。凍りついたかのような無表情で……

幕。

俊寛さん

登場人物

康頼《やすより》
成経《なりつね》
俊寛《しゅんかん》
赦免師《しゃめんし》1
赦免師《しゃめんし》2

砂の浜辺。

成経が砂上を見つめている。遠くから「おーい」という康頼の声が聞こえる。もう一度「おーい」の声。康頼がやってくる。

康頼　成経殿、どうなされた。

成経　（砂上を見つめている）

康頼　どうなされた。

成経　（砂上を指し）これでござる。

康頼　あれ、これはたくさん。

成経　たまたま掘っていたら出てきたでござる。

康頼　うまそうにござるな。

成経　玉子などたいそうひさしぶり。

康頼　目玉焼きでござるな。

成経　いやいや、半熟のゆで玉子にござる。

康頼　ソースをかけるでござる。

成経　いやいや、醤油にござる。
康頼　卵焼きもまたたいそう美味。
成経　それだったら醤油にござる。
康頼　卵焼きといえばダシ巻き。
成経　関西出身でござったか。
康頼　小学校に入る前までは。
成経　覚えておきましょう。
康頼　さて、これらの調理方法、どういたそう。
成経　悩むことはない。これだけあればいろいろとできようぞ。
康頼　それもそうだ。では小屋に運ぶとするか。
成経　あいや、待たれい。
康頼　何事?
成経　せっかく生んだものだし、食すのは控えよう。
康頼　なるほど。
成経　しかし、食べたいは食べたい。

康頼　ここはひとつ俊寛殿の意見を伺ってみよう。
成経　そうしましょう。
康頼　おーい、俊寛殿。
成経　おーい、俊寛殿、こちらにまいられい。

俊寛、やってくる。ボロをまとい、髪も髭も伸び放題で、まるで隠者《いんじゃ》のようだ。

俊寛　なんだい、なんだい。
成経　また昼寝でござるか。
俊寛　シェスタと言え、シェスタと。
成経　シェスタ。言いましたぞ。
俊寛　よろしい。
成経　これをご覧あそばせ。
俊寛　なんと。これは海亀の。
康頼　これを一体どういたしましょうか。

俊寛　食おう。
康頼・成経　やった！
俊寛　やっぱりやめよう。
康頼・成経　ええっ！
俊寛　おぬしらはここに来てどれぐらいになる？
康頼　拙者はもうすぐ三年目になります。
成経　私めも同様。
俊寛　おぬしらはそれまで海亀の存在を知らなかったのか。
康頼　知りませんでした。
俊寛　たわけものが。毎年毎年、この季節海亀はここにやって来て産卵する。真夜中、海からやってきて何回にも分けて玉子を産みにくるのじゃ。産む時には涙も流す。何度も何度も涙を流して産んだ玉子をどうしてスクランブル・エッグにして食べてしまえようか。そうであろう。海亀に何の恨みがあって、おぬしらはそのような残酷なことを口にできるのだ。
成経　言ってませんけど。

俊寛　成経殿言ったろ、スクランブル・エッグって言ったろ、おまえ。
成経　言ってない、言ってない。
俊寛　言ったのは、康頼殿、おぬしか。
康頼　じゃあ、始めっから、食べようなんて言わなきゃいいじゃないですか。
俊寛　言ったのは、おぬしか。
康頼　言ったのは、あなたです。
俊寛　なんだと。
康頼　スクランブル・エッグって言ったのはあなた。拙者が言ったのは目玉焼き。
成経　私が言ったのはゆで卵。
俊寛　そうか、そういうことか。
康頼　納得しましたか。
俊寛　とにかく、海亀さんは私の友達、話し相手なんだから、ていねいに砂をかけて元に戻すのじゃ。
成経　わかりました。すみませんでした。（砂をかける）
俊寛　ところでじゃ、諸君。

康頼　なんでしょう、俊寛さん？
俊寛　そろそろ腹へんない？
成経　そうそう。タコが釣れたでござる。
俊寛　なんと、タコとな。
成経　八本足でござる。
俊寛　いいねえ、タコ！
康頼　たこわさといきましょうか。
俊寛　いいねえ。康頼殿、酒じゃ酒じゃ。

成経はタコを康頼は酒を持ってくる。

成経　このタコ貼りついて取れないでござるぞ。

成経、腕からタコを外そうとするが、なかなか取れず、

康頼　どれどれ。

と康頼、引くとタコは離れるが今度は康頼の体に絡みつき、股間のあたりまで這っていく。それを成経、引っ張ると、

康頼　だめだめ、ぬけちゃうぬけちゃう。

と康頼、騒ぐが、成経、強引に引っぺがす。

康頼　取れた！　おれの機能が取れもうした！
成経　よく見なさい。ちゃんとござるよ。
俊寛　うーん、うーん。

俊寛の尋常ならざるうめき声にふたり振り返ると、タコはどうやら飛んだらしく、俊寛の顔に貼りついている。

成経　ややややややややっ。
康頼　これは一大事。俊寛さんをお助けせねば。
成経　おお。

ふたりがかりでタコを引っ張るが、俊寛は引っ張られた方向に歩いてしまう。

成経　歩かない、歩かない。

引っ張る。俊寛、やっぱり歩いてしまう。

成経　歩かない、歩かない。

引っ張る。俊寛、懲りずに歩いてしまう。

成経　だから、歩かない、歩かない。
康頼　このひと、おもいのほか痛みに弱いタイプでござるな。
成経　さて、どうしたものか。
俊寛　うんにゃうんにゃ。
康頼　なんか言ってるぞ。
俊寛　うんにゃうんにゃうんにゃうんにゃ。
成経　なになに。タコに酒をかけてみろ、か。
康頼　よおし。もったいないけど、やってみよう。
成経　おお。

康頼、タコに酒をかける。タコは離れる。

康頼・成経　やった！
成経　ご覧なさい、タコのやつ、酔っぱらったらしい、砂にまみれてはしゃいでござる。
康頼　いける口だな、こいつ。

俊寛　いやあ、鼻の穴に足突っ込んできやがってよ、息できなくて死ぬかと思った。ここで死んだら、正真正銘犬死にじゃ。

成経　俊寛殿、それは犬死にじゃなくて、タコ死にでござる。

俊寛　ハハハハハハ、つまんねえなあ。

康頼　ハハハハハハ、ほんっとつまんないでござるなあ。よくこんなつまんないこと口にするでござるよなあ。普通だったら思っても言わないでござるよなあ。

俊寛　まあ、そうしたもんがオヤジというものなんじゃ。

康頼　そうなんでござるなあ。

成経　不愉快にござる。

康頼　まあまあ成経殿、ここは別に若いもんがおるわけじゃなし。ドンマイ、ドンマイ。

成経　わたし、会社で若者に大いに馬鹿にされていたでござる。会社にはもう戻りたくないでござ候《そうろう》。

康頼　伺ってもよろしいか。

成経　はて、何を？

康頼　成経殿は、何をしでかしてここ鬼界《きかい》ケ島《がしま》に流されなさったのか。いや、失敬な質問、お忘れなされい。
成経　なになにいっこうにかまい申さぬ。横領にござる。
康頼　なに、横領とな。
成経　して、貴公は？
康頼　社内不倫にござる。
成経　おさかんでござるな。
康頼　先ほどはタコに股間を吸われて天罰が下ったと見誤った。
俊寛　深い。
康頼　しかし流刑の身と言えども、この島は本当に楽しい。心が洗われ、救われる。
成経　おっしゃる通り。
康頼　拙者はすでに会社にも家庭にも戻れない。だが、それでいっこうにかまわない。すでに会社にも家庭にも帰りたくはない。
成経　同感でござる。（康頼の手を取り、握手する）
俊寛　深い。
康頼　拙者は鬼界ヶ島に骨を埋める覚悟でおります。さらば、東京。未練はないぞよ。

成経　わたしもあれほど生きるのにつらい街に、未練などこれっぽっちもない。生きるのに難しくて、死ぬのには簡単な街。

俊寛　うまい！　あんちゃん。あんちゃん、もう一度言っとくれよ。

成経　生きるのに難しくて、死ぬのには簡単な街。それが東京。ウエルカム・ジャパーン。

俊寛　うまくて深い。

成経　俊寛さん、あなたは何をして、ここに流されもうした？

俊寛　言いたくない。ずるいと言うなら、言え。言いたくないのにはわけがあるのじゃ。

康頼　さてそのわけとは？

俊寛　わしの罪が、冤罪《えんざい》だからじゃ。

康頼　冤罪。

成経　訴えたんですか。

俊寛　もちろん。だが、だめであった。

康頼　ところでこれまでついぞ尋ね申さなかったが、俊寛殿のお年はいかほど？

俊寛　だから前に八十五歳って言ったであろう。

成経　それを信じるには、あなたの肌つやは若過ぎる。
康頼　年ぐらいはお教えください。
俊寛　恥ずかしい。
成経　ここは清水の舞台から飛び降りる気でもって。さあさあ。
康頼　さあさあ、俊寛殿。
俊寛　では、大きい声で言うのは恥ずかしいから、こっそり。

俊寛、ふたりにそれぞれ耳打ちする。

成経　ええーっ。そんなに若かったのお！
康頼　それならおれたちとたいしてかわんないじゃん。なんだよ、そういうことかあ。
成経　おれたちより上かと思ってたよ。
康頼　あんた、そういう恰好してるから老けて見えるんだよ。髭剃って髪切ってみな。
俊寛　けっこうでござる。
康頼　けっこうじゃないよ。そんな恰好でいるから、なんか考えも老けこんじゃって、

成経　後ろ向きになるんだよ。あんた、冤罪なんだろ。おれたちとは違うってことだよ。あんたは帰って身の潔白を証明するべきだよ。
俊寛　無理でござる。
成経　そうだ、そうだ。
康頼　だから、恰好がそうだからネガティヴになっちゃうんだって。あんた、本当は帰りたいんだろう。
俊寛　私はここで悟りを開きましたので。
康頼　開いちゃない、開いちゃない。あんた全然開いちゃないって。おれたちもずっとだまされてたようなもんだ。なっ。
成経　うん。まあ。それにしても、君、年がわかって随分態度が変わるね。
康頼　いやいや、冤罪ってのは許せないじゃないか。とにかく、身なりを変えてみようよ、身なりを。その恰好で、あんた、冤罪訴えたって誰も信用してくれないよ。小屋に髭剃りとかはさみあったろう？
成経　ああ。
康頼　よし。いっちょ、おれに任してみな。

三人、引っ込む。

波の音。ふたりの赦免使が浜辺に上がる。

赦免使1　ここに三人流刑されております。

赦免使2　来たよ。来たよー。……いないじゃん。

赦免使1　奥を探してみましょう。

ふたり、引っ込む。

波の音。

康頼、成経、俊寛出てくる。俊寛は髭を剃り、髪も切り、こざっぱりとした服装をしている。以前とは見違えるほどの普通さである。

康頼　ほらー、見てみろよ。こうすりゃ普通じゃん。

成経　なんかかっこいいっすよ。

康頼　かっこいいよなあ。
俊寛　そうかなあ。
康頼　なかなかだよ、あんた。
俊寛　鏡見たいなあ。
成経　鏡はなかったんだよなあ。
成経　俊寛さん、あんたってこういう人だったんだよ。
俊寛　こういう人ってどういう人？
康頼　あんたは、島を出て無実を訴えろよ。

ふたりの赦免使がやってくる。

赦免使1　ここにいましたか。
俊寛　（動揺しつつ）あなた方は……
赦免使2　来たよ。
康頼　誰ですか、この人たちは。

俊寛　赦免使の方々です。

成経　赦免使というと、恩赦を告げにきた人のこと。

俊寛　その通り。

成経　ということは。

康頼　やりましたね、俊寛さん！

赦免使2　来たから、読むよ。

赦免使2、書状を読み上げる。

赦免使2　「さてもこのたび中宮御産《ちゅうぐうおさん》の御祈りのために、非常の大赦《たいしゃ》行《おこな》はるるにより、国々の流人《るにん》赦免《しゃめん》ある。中にも鬼界ヶ島の流人の内、丹波《たんば》の少将《しょうしょう》成経《なりつね》、平判官《たいらのほうがん》康頼《やすより》二人の赦免あるところなり。」

しばしの沈黙。

康頼　え？
成経　それだけ？
赦免使2　これだけ。
成経　恩赦、ふたりだけ？
赦免使2　そう。あんたとあんた。
俊寛　私の名前は？
赦免使2　無いようね。残念でした。
俊寛　なぜだ。
赦免使2　知らない。あんたの罪は重いんじゃないの。
康頼　この人はなにもやってないんだぞ。
赦免使2　おれに言っても無駄なのよね。

俊寛、書状をひったくり、読む。

俊寛　ない……私の名前だけが、ない。

成経　ぼくはいやだよ、今から東京戻るなんていやだからね。
康頼　おれもいやだからな。
赦免使2　そんなおこちゃまみたいなこと言わないで。さっ、行くよ。
康頼　拙者は残るでござる。
成経　わしもでござる。
赦免使2　いやだっていうのね。
康頼・成経　はい。
赦免使2　いけ、ロバート。

赦免使1が拳銃を取り出す。

赦免使2　自殺してましたって報告すりゃ済むことなんだよね。
赦免使1　早く船に乗りなさい。
成経　ちきしょう、帰りたくないよお。
康頼　いやだ、いやだ、いやだ。

成経　俊寛さん、ぼくは絶対戻ってくるから。

康頼　おれもここにすぐ帰ってきます。その前に俊寛さん、おれたちはあっちであんたの無実を訴えます。

俊寛　……おい。

康頼・成経　はいっ。

俊寛　この酔っぱらったタコ、持ってけよ。

康頼・成経　……。

俊寛を残して全員去る。
やがて、赦免使1の声が聞こえてくる。

赦免使1の声　船が出るぞお。

成経の声　俊寛さーん。

康頼の声　俊寛さーん。

俊寛、手を振る。

成経の声　戻りたくないよお。島にいたいよお。

康頼の声　帰りたくないよお。会社も家庭もいやだよお。

成経の声　残りたいよお。

康頼の声　船を戻してくれよお。

成経の声　俊寛さーん。

康頼の声　俊寛さーん。

ふたりの声は次第に遠ざかり、やがて聞こえなくなる。俊寛は手を振るのをやめ、浜辺に座り込む。微動だにしない。

時間経過。すっかり深夜だ。

海から海亀がやってくる。それに気づいて見つめる俊寛。海亀はやがて砂を掘り、産卵の態勢に入る。

俊寛　……泣いてるね。一緒に涙を流してくれるのはいつも君だけだ。……おれはまたひとりになっちゃったところだ。……君だけには本当のことを言っておくよ。嘘なんだ。冤罪ってのは嘘なんだ。本当はおれ、やってるんだ……帰れないんだ……

静かに幕。

波の音。

愛の鼓動

登場人物

男
同僚A
同僚B
女囚《じょしゅう》
囚人《しゅうじん》
教誨師《きょうかいし》
ナースA
ナースB
サチ（女囚と同一人物が演じる）
刑務官たち

1

男、同僚A、同僚Bが酒を飲んでいる。
三人ともしばし異様なほどの無言の時間を過ごす。
やがて、同僚Aが口を切る。

同僚A　今年の梅雨長いっすね。
同僚B　長いね。
男　……。
同僚A　こんなにいつも長かったたっすかね。
同僚B　なにが？
同僚A　雨。

同僚Ｂ　雨？　長いね。

男　……。

同僚Ａ　今日、ジャイアンツどうすかね。

同僚Ｂ　どうなんだろうね。

同僚Ａ　楽天……

同僚Ｂ　ん？

同僚Ａ　まあ、いいや。

男　……。

同僚Ａ　（不意に笑う）

同僚Ｂ　……。

男　……。

同僚Ａ　いやー、ガキんころ、天気と野球の話をするつまんない大人にだけはなりたくない、なんて言ってたの、思い出しましてね。今言ってましたね、おれ。

同僚Ｂ　言ってた。

同僚Ａ　おもいっきり言ってましたよね。（笑う）

同僚B　やったの今日が初めてだっけ？
同僚A　はい。
同僚B　ま、つまり、そういうことだ。
男　そういうことだ。
同僚A　意味わかんないっす。
男　大人になったんだよ。
同僚A　……。
男　一度でやめていく人間もいる。
同僚B　早くも降参か。
同僚A　まさか。ガンガンいけますよ。
同僚B　ま、今度の大臣はやれやれ派だからな、近いうちまたくるだろう。
同僚A　まかしといてください。
男　まかせたよ。

三人、また無言になり、酒を酌み交わす。

同僚A　（また不意に）でも、ほんっと長いっすよねえ、梅雨。

男　……。

同僚B　おれ、帰る。

男　あ、そう。お疲れさん。

同僚A　お疲れ様でした。

同僚B　なにかあったら、連絡してくれ。

男　なにかってなんだ？

同僚B　別に。

同僚B、去る。

同僚A　あの。

男　ん？

同僚A　だいじょぶっすか？

男　なにが?
同僚A　暗くないっすか。
男　明るくしたいなら、店の人に頼めよ。
同僚A　……。
男　どうした。頼めよ。
同僚A　やっぱり、このままでいいっす。
男　わからないやつだな。
同僚A　そう言われたのは初めてっすね。
男　おれは若者が嫌いだ。
同僚A　残念っすねえ。
男　おれはな、若い頃は油絵やってたんだ。
同僚A　油?
男　画家になりたくて、美術大学の洋画コース入ってな。モネの睡蓮とか憧れてな。
同僚A　ほほう。
男　知ってるだろ、モネの睡蓮。

同僚Ａ　モネの睡蓮、知らないっす。

男　あれはな、世界の真実を描いた絵なんだ。

同僚Ａ　世界の真実なんて、難しいっすねえ。

男　ずいぶん模写して勉強したな。でも、世界の真実を真似しようとしたって土台無理な話なんだ。

同僚Ａ　いろいろ考えてるんすねえ。

男　そりゃ、考えたさ。若かったから、考えたんだ。

同僚Ａ　それがなんでこんなとこいるんすか。

男　そこそこの才能だったからだよ。この意味がわかるか。

同僚Ａ　どの意味っすか？

男　そこそこってのがたちが悪いんだ。要するにそこそこ才能はあったわけだ。だからなかなかあきらめきれないんだ。なかなかってのがまた厄介でな。

同僚Ａ　そこそことなかなかですか。

男　なかなかの歴史もまた深いからな。

同僚Ａ　ほほう。

ふたり、無言になり、飲む。

男　おまえ、さっき、こんなとことか言ったな。

同僚A　え？　どこのことっすか。

男　仕事のことだろうが。

同僚A　言いましたっけ？

男　こんなとこってどういう意味だよ。こんなとこって思ってんのか。

同僚A　別に思ってないすよ。

男　いやならやめろよ。

同僚A　別にやじゃないっすよ。

男　ならいいけど。

同僚A　なんなんすか。

男　なんでもないよ。

同僚A　なんかなあ。

男　なんでもないよ。

同僚A　はあ。

男　なんでもないんだよ。

2

女囚がいる。女囚は絵を描いている。男がやってくる。ふたりは監獄のなかとそとにいるが、お互いが見えているように会話をする。獄舎はとうてい現実のもののようには見えない。

男　蒸しますね。

女囚　ええ。じっとり。

男　じめじめしてるでしょう。

女囚　ええ。じめじめ。

男　ここのじめじめの歴史もまた深いんですよ。

女囚　ええ。でも、どっちかというとじとじとね。

男　じとじと。こりゃあ、一本取られたなあ。描いてますね。

女囚　もう、これしかやることがないから。残された時間で何枚描けるか。あと何枚描けると思います？

男　わかりません。

女囚　これ見ていただけますか。（一枚の絵を掲げて見せる）

男　早いな。もう描き上がったんだ。

女囚　時間がないんだもの。どう？　正直な感想言ってくださいね。

男　絵がだんだん明るくなってきますね。

女囚　それだけ？

男　は？

女囚　いつも一言だけ。もっといろいろ言ってください。言おうと思えば言えるはずでしょ。

男　規則ですから。会話を交わすのは、禁じられている。
女囚　知ってるわ。でも絵のことなんだからいいじゃない。絵はわかるんでしょ。
男　わかるかどうか。
女囚　絵を見るのが好きだって言ってたじゃない。
男　好きです。
女囚　もっとなんか言ってください。
男　口べたですので。
女囚　なにか言って。
男　……不思議なんですよ。なんでトーンが明るくなっていくのかって。
女囚　明るくなれる要素もないのにってこと？
男　自分が書いていた絵は、異様に暗かったもんですから、明るい絵を描く人がうらやましいんです。
女囚　描いてたんだあ。やっぱり。道理で見る時の目つきが違うと思った。
男　違いましたか。どういうふうに違いました？
女囚　彼岸を見るような目つき。

男　彼岸か。

女囚　見えるの？

男　なにがですか？

女囚　彼岸。

男　彼岸というなら、この絵こそが彼岸の風景です。

女囚　あらそう。

男　これは頭で想像した風景でしょう？

女囚　たぶん。

男　記憶のなかの風景なんですか？

女囚　夢中で描いてたから、忘れたわ。

男　彼岸というのがぴったりだな。これはこの世の風景ではない。だから光の描き方があまりに非現実なんです。それが長所でもあり、欠点でもある。こんな光はありえない。ありえなくてもかまわないが、いささか過剰だ。（女囚がじっと自分を見つめているのに気がついて）どうしました。

女囚　今まで、あたしをだましてきたわね。

男　え？
女囚　どこが口べた。しゃべるじゃないの。
男　とりあえず美大出身ですから。
女囚　それがなんでこんなところにいるの。
男　昨日も同じことを言われたな。
女囚　ごめんなさい。
男　いろいろ納得いかないことばかりで。
女囚　ごめんなさいね、変なこと言って。
男　今度画集を差し入れしますよ。学生のころよく見ていたやつ。
女囚　うれしい。
男　もちろん、禁止されてることですがね。
女囚　わかってるわ。
男　あの……
女囚　なに？
男　絵の仕事をしてたんですか？

女囚　あたしのこと知らなかったの？
男　ええ。
女囚　日本舞踊を踊ってたの。
男　踊りを……
女囚　はい。
男　偶然だな。うちの娘も小さい頃習い事で日本舞踊をやっていました。
女囚　今はやってらっしゃらないの。
男　遠くにいますので。
女囚　そう。
男　では。（去ろうとする）
女囚　ねえ。
男　（振り返る）
女囚　今度あたしの懺悔《ざんげ》聞いてくれる？
男　それは、私の仕事ではありません。（去る）

3

囚人がいる。複数の刑務官がやってくる。

ひとりが「これから刑を執行します」と告げる。

囚人は震え始める。刑務官が両脇を抱えるようにして別室に連れて行く。その間、囚人は自分の足で歩きたがらない。

囚人にとって、最後の部屋に入る。

教誨師が入ってくる。

教誨師　おのれの罪を認めましょう。さすれば、死はあなたの罪を許すでしょう。最後に言っておきたいことはありますか。

囚人　（激しく首を横に振る）

教誨師　辞世の句を書きますか？

囚人　（首を横に振る）

刑務官　饅頭食べるか？

囚人　（首を横に振る）

刑務官　煙草飲むか？

囚人　（首を横に振る）

刑務官は囚人に目隠しをする。

囚人　死にたくない。死にたくない。

首吊りの輪が下げられた処刑場が背後に現れる。刑務官は囚人を立たせ、輪の下に連れて行く。

囚人　死にたくない。死にたくない！

※　※　※

別室。五人の刑務官たちが並んで座っている。なかに男、同僚A、同僚Bがいる。彼らの前にはそれぞれボタンがある。

囚人が暴れる声が聞こえてくる。五人は微動だにしない。

やがてスピーカーを通して処刑場から刑務官の声が聞こえてくる。

「ボタンを押してください」

五人、ボタンの上に手を乗せる。

同僚B　よろしいですか。

それぞれ、うなづく。

同僚B　せーの。

五人、同時にボタンを押す。

4

男、同僚A、同僚Bが酒を飲んでいる。
しばらくのあいだ、無言。

同僚A 今年の雨、なんかねばっこいっすね。
同僚B そうかね。
同僚A なんか皮膚にべたっときますよ。
同僚B そういうもんかね。

同僚Ａ　なんか暗いっすよ。
同僚Ｂ　悪いか。おれが暗いのはガキんときからだ。
同僚Ａ　いやだね、暗いガキって。
同僚Ｂ　別におまえに好かれたいとも思わないね。
同僚Ａ　でも、いやじゃないすか。暗いガキって。
男　おれは明るいガキってのが我慢ならない。
同僚Ｂ　ほうら、こういう人だっている。
同僚Ａ　ったく、どいつもこいつも糞詰まりみてーな面しやがってよお。明るくいこーぜ。明るくよお。
同僚Ｂ　明るくいけよ。明るくやってみせろよ。
同僚Ａ　……。
同僚Ｂ　やれよ。明るく。
同僚Ａ　……スカンバラバッチャゴリチンナクッチャ。
同僚Ｂ　おまえ、酔ったな。
同僚Ａ　いけないっすか。

同僚B　他人に迷惑はかけるなよな。帰る。（去る）

残ったふたりはしばし無言で飲み交わす。

同僚A　ジャイアンツ、昨日はやりましたよね。
男　野球の話なんかどうでもいい。
同僚A　じゃあ、どんな話がお好みなんすか。
男　しゃべらんでいい。沈黙を怖がるやつは、臆病者だ。
同僚A　立派なこと言いますね。
男　沈黙に慣れろ。それがこの仕事を続けていくコツだ。
同僚A　よく言うよ。……叫んでたよなあ。
男　……。
同僚A　やっぱり、あんなに暴れるんだ。そうだよな、自分が誰に殺されるのか、わかんないんだもんな。法律が人間になったわけじゃねえもんなあ。大臣のやつ、景気よくはんこ押しますよねえ。どうせならはんこだけじゃなくて、自分でボタン押して欲しいっすよね。殺してるのは、おれたちなんだから……

男、急に立ち上がり、同僚Aの胸ぐらをつかんで立たせ、殴る。

同僚A お、暴力ですか。

男、殴る。

同僚A 連続暴力。

男、殴る。

同僚A いいかげんにしろよ、てめえ。

同僚Bが、出てくる。

同僚B　（男に）やめよう。なっ、ここはやめよう。
男　帰ったんじゃないのか。
同僚B　と思ったんだけど、飲み足りなくて隅で飲んでた。
男　おれとは、飲めないってんだな。（去る）
同僚A　おい、ちょっと待てよ。
同僚B　抑えてくれ。ここは抑えてくれ。
同僚A　おれはやられっぱなしかよ。
同僚B　おごるからよ。
同僚A　マジな話、あのおっさん、いいかげんどうにかしてくださいよ。
同僚B　そう言うな。おまえも今にわかる時がくるから。
同僚A　わかりたくないっすね、そんなこと。
同僚B　仕事のことだけじゃない。あいつ、いろいろ大変なんだ。娘さんがひとりいるんだが、その子は15歳で事故に遭ってからずっと意識がないんだ。もう何十年間も眠りっぱなしで、ずっとあいつひとりで面倒見てんだ。

5

夜。女囚が横になって眠っている。男がやってくる。鍵を開け、入ってくる仕草。

男　こんばんわ。
女囚　え？
男　画集を持ってきました。
女囚　酔ってるのね。
男　飲んではいるが、酔ってはいません。
女囚　こんなこと、まずいんじゃないの。
男　わかっています。でも、もういいんです。
女囚　なにがいいの？

男　なにがどうして、どうなろうと、もう全部が全部たいしたことではないんです。
受け取ってください。

女囚が受け取ると、画集に向けて懐中電灯の明かりを照らす。

女囚　……モネ。
男　66ページ。
女囚　え?
男　66ページの見開き部分を開いて。
女囚　(言われた通りに開いて) 睡蓮。
男　どうですか?
女囚　え?
男　どう思いますか、どう感じますか?
女囚　きれい。
男　それだけ?

女囚　美しい。

男　それから？

女囚　得体の知れない美しさ。

男　得体の知れない、か。

女囚　簡単には割り切れない美。

男　そう！　簡単には割り切れない。美というやつはこの世の真実のことだからです。正しい、正しくないでは割り切れないのが真実だ。あなたにはこれを見て、あなたに感じて欲しかった。

女囚　なぜ？

男　あなたは、そういう真実を理解している人だからです。

女囚　酔ってるでしょう？

男　美に酔っています。あれから何度も夢の中であなたの踊る姿を見た。

女囚　なにを言ってるのか……どう言っていいのか……あたしはただの人殺しよ。知ってる？　保険金目当てで四人殺した女よ。

男　かまわない。

女囚　かまわない？

男　画集を持っていて欲しい。（去ろうとする）

女囚　ちょっと待って。これで帰るの？

男　（立ち止まる）

女囚　ここまでやって、これで帰るの？

男　（女に近づき、じっと顔を見つめる。なにか行動を起こそうとする様子で……）

女囚　なに？　どしたの？

男　（やめる）

女囚　画集と交換にこれをあげようと思っていたの。（目に見えない物を取り出してくる）

男　これは……

女囚　満月の晩、月の下で大事な人を想って鳴らすの。そうすると相手が必ず幸せになるって言い伝えがあるの。ずっと家にあるお宝なんだけど、あたし勝手に持ってきたの。あなたにこれを上げる。これがあたしの真実。真実の交換ね。

男　……うん。

女囚　気のない返事。信じてないのね。

男　信じてる。
女囚　なんなら娘さんにあげたっていいのよ。
男　いや、そんな。
女囚　大事な人がいる?
男　……います。
女囚　その人が幸せになって欲しい?
男　ええ。
女囚　じゃあ、鳴らしてみることね。忘れないでね。満月の晩。
男　……ありがとう。（去ろうとする）
女囚　あ、待って。煙草持ってたら置いていってくれない。
男　……（渡す）
女囚　ありがと。

男、出て鍵をかける仕草。

女囚　執行日には、あなたがあたしを吊ってね。
男　……。
女囚　約束だからね。
男　……。（去る）
女囚　……。

女、煙草に火をつけ、煙を吐く。

6

満月が煌々《こうこう》と輝いている。
男が歩いてくる。

顔の見えない少女が歩いてきて男を手招きする。男が近づこうとすると、処刑された囚人のイメージが満月に現れ、男は少女にたどり着くことができない。

女囚が現れ、踊る。

男はその姿に恍惚として手にしていた見えない物を取り上げ、打つ仕草をする。世にも奇怪な音が鳴り響き、一切の幻は消える。

満月の明かりの下で、男が突っ伏している。

同僚Aが歩いてくる。

同僚A あれえ、どうしたんすか、こんなとこで。飲みすぎっすか。しっかりしてくださいよ。

男 それを捨ててくれ。

同僚A それ?

それは男にしか見えない。

7

昼間のようだ。女囚が絵を描いている。
男が来る。

女囚　あら、こんにちわ。
男　……。
女囚　やっと梅雨があけたようですね。
男　……。
女囚　どうしたの？
男　おれを、だましたな。
女囚　だました？

男　あれは鳴らない。
女囚　鳴らなかったのね。
男　鳴るわけがない、ただの模造品じゃないか。
女囚　打ったのね。
男　打った。
女囚　誰を想って？
男　言いたくない。
女囚　やっぱり。
男　やっぱり？
女囚　鳴らなかったのは、あなたのせいなのよ。あれは人の心を読んでしまうの。打つ人の想いが本当ならば、鳴る。愛情の強さを判断してしまう。あなたはその人のことを本当に愛してらっしゃる？
男　なにを言うんだ。
女囚　なに真っ赤な顔をして。冷静になってください。これこそが、モネの睡蓮。あなたの言うこの世の真実。その真実をあれが暴いたんだ。

男は鍵を開けて入ってくる。

女囚　どうする気。

男　本当のことを言え。

女囚　本当のことって？

男　あれはにせものでしたと言って謝れ。

女囚　ばかなこと言わないでください。なんなら、ここであたしが鳴らせて見せるから、返してください。

男　あんなもの捨てたさ。

女囚　捨てたですって。やっぱりあなたの愛情は嘘だったんだ。

男　馬鹿を言うな。

女囚　なにが美の真実だ、大嘘つき。

男、女囚の首に手をかける。

男　本当のことを言え。

女囚　こういうことなんだ。やっぱり、こういうことなんだ。

男　（離す）

女囚　もう疲れちゃったんでしょう。わかるわ。疲れちゃってるんでしょう。無理しなくていいから。さあ、あたしを死なせて。

男　え？　それは違う。

女囚　ありがとう。もう十分。重荷に思うことはやめて。あたしはこれで死んだほうがいいんだから。

男　違う。違う。そんなことがあるわけがない。

女囚　これが、あなたの真実なんだから。

男　真実なんかじゃない！

男の大声であたりが真っ暗になる。

男　おれはずっとおまえのことを考えている。忘れたことなど一瞬もない。おとうさんはおまえを愛している。誰が重荷だなんて、思うもんか。そんなことは真実じゃない……

明るくなる。無人の監獄のなかで、男が「違う」、「真実じゃない」とつぶやき続けている。かたわらに同僚Aと同僚Bがいる。

同僚B　おい、しっかりしろ。
同僚A　先輩、だいじょぶすか、先輩。
同僚B　もうこれぐらいにしておけよ。現実をしっかり見直せよ。
男　（はっとする）現実？
同僚B　現実だ。
同僚A　明日には新入りの受刑者が入る予定なんですし。
男　女の人は？
同僚B　女？　どういう女だ。

男　絵を描いている女だ。
同僚A　誰すか、それ。
男　日本舞踊の女だ。
同僚B　やっぱりあの人のことなんだ。
同僚A　誰のことですか?
同僚B　半月前に刑が執行された女だ。
男　執行された……
同僚A　先輩、その人のこと……
同僚B　よくはわからんが。
男　執行されてしまったのか。約束したのに。私が吊ると約束したのに……（歩き出す）
同僚B　おい、だいじょうぶか。
男　なにが。
同僚B　どこ行くんだ?
男　娘のところへ……

同僚B　そうか。

男、去る。

同僚A　病院とか連れて行ったほうがいいんじゃないすか。

同僚B　ああ。ぼちぼち限界かも知れないな。

同僚A　だいじょぶすか、ひとりにしておいて。

同僚B　ちょっと見てくる。（去る）

同僚A、監獄に残されている画集を取り上げる。ページをめくって眺める。あるページで手を止め、じっと見入る。

遠くで物音がする。同僚Aは不安そうに顔を上げる。同僚Bが走ってくる。

同僚B　大変だ、今あいつ！

8

鼓の音が響き渡る。
病室。ベッドで眠っているサチ、目を開ける。それは女囚と同一人物である。

サチ　おとうさん……

ゆっくり上半身を起こす。
ナースAが通りかかり、サチを見て驚いて走り去る。ナースA、Bが走ってくる。

ナースA　今お医者様呼びましたからね。横になってないとだめよ。
ナースB　脈、血圧ともに正常。

ナースたち、一通りの検査などをてきぱきとこなしていく。

サチ　あたし、いろんなもの見てきたの。おとうさんがあたしの手を握り締めて、いろいろなところへ連れて行ってくれたの。桜並木が満開の水路道。夏には海に行ったわ。遠くでおぼろげに見える水平線。月影が落ちた夜の水面。秋の紅葉。雪で真っ白になった小さな町。それから……

ナースBが戻ってきて、Aに耳打ちする。ナースAはそれを聞いて息を呑む。

サチ　おとうさん、死んだの？

ナースA　あの……それは……

サチ　そうなんだ。見えていた通り、刑務所の屋上から飛び降りて亡くなったのね。

サチは上半身を起こす。

ナースA　サっちゃん。
ナースB　サチちゃん、横になってないとだめですよ。

サチ、ベッドの上で何か打つ態勢を取る。

サチ　おとうさん、そこにいるのね。

サチ、見えない何かを打つ。鼓の音がきれいに響き渡る。サチ、連打する。その鼓動に応えるかのように、サチの背後にモネの睡蓮がパノラマのように浮かび上がる。

幕。

私の能楽集―あとがきにかえて―

1.

二〇〇三年に私は現代能楽集と称して『AOI』と『KOMACHI』を書いた。タイトルが示す通り、能の謡曲の『葵上』と『卒塔婆小町』からの換骨奪胎である。現代能楽集というのは、もともとの企画・発案者である野村萬斎氏がつけたものだ。このあたりの経緯はこの本と同じ出版元から出されている『AOI／KOMACHI』の「あとがき」にすでに書いたので、繰り返さない。

『AOI』と『KOMACHI』は評判を取り、それは日本国内に留まらなかった。

二〇〇五年にはフランス語訳され、パリから列車で行くと、ナンシーよりさらに北のポン・タ・ムッソンという小さな町で、フランス人俳優によるリーディングが行われた。この町では、ムッソン・デテとなづけられたリーディングのフェスティバルが毎年開催されていて、フランスのものと外国のものを織り交ぜて都合十数本の、フランス国内では未上演の戯曲がリーディング上演される。概ねはフランス人演出家の手で演出されるのだが、この年、日本の現代戯曲として選ばれた『AOI』は私自身が演出した。私以外にアジアからは、中国の劇作家・過士行が招待されており、氏の『公衆便所』が上演されていた。日本の新国立劇場で上演された『カエル』の作家だ。過さんと私は気が合い、この間、お互いの国の政治事情、演劇事情などについて大いに語り合った。

同じ年にドイツの出版社から出された日本の現代戯曲のアンソロジーに、やはり『AOI』のドイツ語訳が収録された。

なぜ『KOMACHI』が選ばれないのかを推測するに、私の小町は上演では笠井叡さんが舞踊によって表現する、つまりそれが能の舞いの要素として現代に変換されるという趣向なわけだが、そのせいもあって小町には台詞が一言もなく、さてリーディングや本公演の段になると、この小町をどう処理するかがいささか厄介なせいのように思われる。リーディングで一言もしゃべらない小町役を座らせておくという勇気の演出が必要とされ、もちろん小町だけ身振りや踊りでやってもらうという手もあるが、早々それをできる舞台俳優もしくはダンサーはいない。翻って、本公演おいて小町を華麗に力強く、優美にして残酷に舞った笠井氏のにはつくづく感銘する次第だ。

とそう簡単に切り離してもらいたくない気持I／KOMACHI』と表記したの演するのが筋というわけだ。

とダンスと映像の

『KOMACHI』を配置することで、

シーとややオルタナティブの手法を対置させ、異なるふたつの舞台を同時に上演することによって、能楽に内蔵された豊かな演劇言語群の、現代演劇の演劇言語への変換を果たしたかったのだ。

ただ、この二本立ては生半可には上演できない代物なので、どちらか一方を上演したい旨は国内国外どちらからの要請も受け入れている。殊にリーディングとなると、『AOI』の上演時間一時間という長さはちょうどいい。

二〇〇七年の春には世田谷パブリックシアターでの再演及び国内ツアーと、ボストン、ワシントンD.C、ニューヨーク、ダートマスと回る北米ツアーがあり、それぞれの都市の観客たちに強烈なインパクトを与えた。能楽という日本の演劇の礎ともいうべき古典の形式からインスパイアされた二本の現代劇、『AOI』においては登場人物たちが臆面もなく吐露する病的な精神、葵、六条、光というわば三つの病が織りなす、文字通り三つどもえの愛の闘いに、客席は息を飲み、緊張感に包まれた。さらに観客が息を飲んだのは『ＫＯＭＡＣＨＩ』であり、『ＡＯＩ』ではずっと字幕で台詞を追っていたせいもあってか、台詞と映像とダンスという演劇言語は観客の視覚の快楽中枢を大いに刺激したようで、殊にニューヨークでは圧倒的な支持を得た。

同じ年の夏に、イタリアはミラノのピッコロ・シアターで日本現代戯曲の紹介の催しがあり、『ＡＯＩ』は今度はイタリア語訳されて、イタリア人演出家、俳優たちによるリーディングが行われた。同時にリーディングされたのは、坂手洋二の『屋根裏』、平田オリザの『ヤルタ会談』、岡田利規の『三月の5日間』、松井周の『地下室』であった。ストレーレルのピッコロだ、と私は意気軒昂な足取りで乗り込み、ミラノを堪能した。その旅は同時に私のイタリア愛の始まりでもあった。

二〇〇九年に、私はニューヨークのラ・ママ・シアターの主催による夏季ワークショップの講師としてスポレートに招かれた。スポレートはイタリア中部ウンブリア州にあり、聖フランチェスコで名高いアッシジに近く、ローマより車でいくと三時間ほど北の位置にある。国際演劇祭が毎年夏季に開催されていて、かつて天井桟敷が参加したことは知っていた。今でも演劇祭は行われてはいるが、昨今アジアから一作品を呼べるほどの財政はないという。そのスポレートの中心部から車で十分ほどの山のなかにラ・ママ・シアターの主宰者であるエレン・スチュアートの別荘があり、そこが夏季にはアーティスト・レジデンツとして機能していることは、招かれるまでは知らなかった。

そこで私は五日間を過ごし、二十名ほどの受講者、すでにプロであること認められており、かつ英語でコミュニケーションできることが条件で選ばれた彼、彼女らに『AOI』、『KOMACHI』をテキストにして、能と私の現代能楽集について語った。語ったばかりでなく、グループに分けて『KOMACHI』の一部分を各々の演出で作り上げ、発表するワークショップを行った。『KOMACHI』には様々な演劇言語を活用できる広がりと包容力があるから、こうしたワークショップには最適だと思ったからだ。

果たして五組の、それぞれまったく違った方法と毛色の『KOMACHI』が、スタジオで、森を背景にした野外で、ピッツァを焼く窯の前で、今は使われていないホコリっぽいカフェのなかなどで、演じられたのだった。

以上が初演してからの、いわば『AOI』と『KOMACHI』の上演史、あるいは私自身の旅の人生と重なる戯曲たちの旅行記とでもなづけたい七年間の軌跡である。

2.

実を言えば、七年前、『AOI／KOMACHI』を書き終えた時、これ以外にも別の謡曲をもとにしてさらに書けそうだという思いを秘やかに抱いた。機会があれば書こうと胸に秘めていたところ、去年の初頭、世田谷パブリックシアターの芸術監督である野村萬斎氏からの要請があった。現代能楽集は、『ＡＯＩ／ＫＯＭＡＣＨＩ』をシリーズⅠとしてスタートしてからⅣまでが上演されている。宮沢章夫、鐘下辰男、野田秀樹が関わり、シリーズⅤで私の再登板となった。

さて、今回、私は数ある謡曲から何を選ぼうかといささか迷った。挙げ句にこういうことになった。『弱法師』から『春独丸』、『俊寛』から『俊寛さん』、『綾鼓』から『愛の鼓動』が生まれた。『春独丸』は盲人と、再編集される人間の記憶を巡っての物語が描かれている。

『俊寛さん』はある時、高校の同級生から聞いた、東京よりさほど遠くない島の話から想を得た。会社員にとっては、四十代も後半という歳は、誰が出世組かそうでないかは、自他共に歴然とする年代であり、そこでいわゆる負け組と認知された会社員たちが週末になると、家族・家庭から離れてひとりでその島に入り、釣りをしたり読書に耽ったり、好きなことをしてぼんやり過ごすのだという。

『俊寛』を読むうちに、私には流刑の島である鬼界ヶ島が、いつしかそのような会社員のパラダイスとして設定され、謡曲の帰りたい登場人物ではなく、帰りたくない三人として書いてみようと考えた。実をいうと、『俊寛さん』にはもうひとつのバージョンがあり、そこでは俊寛だけが帰らされてしまい、残った康頼と成経がよかったよかったとスクランブル・エッグを食べるところで終わるのだが、ひとり残されてしまう俊寛のラストのほうが、やはり、味わい深いと思い、こういうことになった。

『愛の鼓動』は人間の死を巡る地獄、煉獄、天国の物語だ。短い劇にこれほどのことを凝縮させようとした。その意味で『愛の鼓動』は今回の能楽集の趣向を如実に反映している。短い上演時間との戯れが能楽集を書くことの快楽だ。前二作『AOI』、『KOMACHI』よりさらに徹底させようとしたのは、短さだった。その短さには様々な意味合いがある。私にとって、それはあっという間もなく過ぎ去り、終わってしまう人生そのものの時間の反映のようにも思える。

上演に際しては、『「春独丸」「俊寛さん」「愛の鼓動」』と表記される。前二作が『AOI／KOMACHI』であったのと同様に、今回は三本同時に上演されるべきという私の希望から、このようになった。

さらに、『春独丸』、『俊寛さん』、『愛の鼓動』の順番で上演されるのが望ましい。そのように想定して書いたからだ。能・狂言公演における元来の構成にあやかろうという目論見だ。

『俊寛さん』はふたつの能の間の幕間狂言であり、しかも『春独丸』と『愛の鼓動』の前後が変えられては困る所以は、『愛の鼓動』のラストを三本目の最後を飾る劇としてふさわしいものにしたという自負があるからだ。さらに言うと、『春独丸』ラスト近くの春独丸の「かあさん！」という台詞は、『愛の鼓動』のこれも終わりに近いシーンでのサチの「おとうさん…」と連動する。まったく違うように見えながら、幕間狂言を挟んで、さりげなく響きあい、往還するふたつの物語をイメージした。

上演時においてどこに休憩を入れるか、幕間狂言の前後に入れて二回休憩とするか、『春独丸』の後にもしくは『愛の鼓動』の前に入れて一回とするか、それとも休憩なしでいくか、判断はその時どきの演出家にゆだねられる。

3.

これで私は謡曲から五本の戯曲を書いたことになる。

私自身が演出するとなると、

『AOI／KOMACHI』

『「春独丸」「俊寛さん」「愛の鼓動」』

として上演され、それぞれ二本と三本が連動する構成になるが

（後者の初演時の演出は私本人は手がけないが、演出の倉持裕君にはそ

のように要請した）、これを私の能楽集として、

AOI

KOMACHI

春独丸

俊寛さん

愛の鼓動

と並べて、それぞれ独立したものとして扱われるのも、また一興とも思う。初演が終わり、それなりの月日が経てば、戯曲はある一定の自由を獲得するものであるから、例えば、『AOI』と『愛の鼓動』の二本立てなどということも今後考えられるかも知れない。

あるいは、また新たに数編が加わる可能性もあり得ないことで

はない。私にとって謡曲から立ち上げる現代劇は、短い上演時間のなかで、儚い人生の愛と死を思索することに他ならず、これらを書くことは短さとの戯れという快楽を覚えると同時に、自ら描こうとする人の世の残酷さにしばし言葉を失う。言葉を失うほどの事態に、私は言葉を見出そうとしている。いつも書き終えるとどこかしんとした気分になる。

今回の三作も前二作のように様々な場所に旅立っていくことを望んでやまない。

二〇一〇年八月猛暑の東京にて　　川村　毅

初演　二〇一〇年十一月十六日〜二十八日。シアタートラム。世田谷パブリックシアター主催・現代能楽集Ｖ　監修・野村萬斎　演出・倉持　裕

川村　毅（かわむら・たけし）

劇作家、演出家。1959年東京生まれ、横浜に育つ。

1980年明治大学政経学部在学中に第三エロチカを旗揚げ。'02年自作プロデュースカンパニー、ティーファクトリーを設立、以降発表の拠点としている。

「新宿八犬伝　第一巻一犬の誕生―」にて'85年度第30回岸田國士戯曲賞受賞。'96年ACC日米芸術交流プログラムのグランツを受けNYに滞在。'98年ニューヨーク大学演劇学科に客員演出家として招かれる。

'99年より改作を重ねた「ハムレットクローン」は03年ドイツ、04年ブラジルツアーにて公演。'03年世田谷パブリックシアターと京都造形芸術大学舞台芸術センター共催公演として初演の「AOI / KOMACHI」は、07年国内ツアー・NY他北米ツアーにて再演。英・仏・独・伊語に翻訳され、出版や現地でのリーディング公演などが行われている。http://www.tfactory.jp/

春独丸《しゅんとくまる》　俊寛さん　愛の鼓動

2010年9月20日　初版第1刷印刷
2010年9月30日　初版第1刷発行

著　者　川村　毅
発行者　森下紀夫
発行所　論 創 社
〒101-0051 東京都千代田区神田神保町2-23　北井ビル
tel. 03（3264）5254　fax. 03（3264）5232
振替口座 00160-1-155266　http://www.ronso.co.jp/
装丁　奥定泰之
印刷・製本　中央精版印刷

ISBN978-4-8460-0961-8